हिन्द पॉकेट बुक्स

सिद्धार्थ से गौतम बुद्ध

गौतम बुद्ध ने एक दिन सारी मोह-माया और राज-पाट त्याग दिया और संन्यासी हो गए। वह निकल पड़े दुनिया के कष्टों और जंजाल से और सारी दुनिया को करुणा, प्रेम और शान्ति का पाठ पढ़ाया। लोगों ने उनकी शिक्षाओं को ग्रहण किया और 'बुद्धम् शरणम् गच्छामि', यानी उनकी संगत में चले गए। उन्हीं सद् पुरुष की प्रेरक कथा है यह।

बच्चों और किशोरों के लिए यह सचित्र पुस्तक वास्तव में महात्मा बुद्ध की रोचक एवं शिक्षाप्रद कहानी है, जो पूर्णतः धर्मनिष्ठ बनने की प्रेरणा देती है। इसके अंत में दी गई प्रश्नोत्तरी से आप अपनी परीक्षा भी स्वयं ले सकते हैं।

सुरुचिपूर्ण एवं प्रेरणादायक सचित्र जीवनी

सिद्धार्थ से गौतम बुद्ध

कुसुम गोयल

हिन्द पॉकेट बुक्स

पेंगुइन रैंडम हाउस इम्प्रिंट

हिन्द पॉकेट बुक्स

यूएसए | कनाडा | यूके | आयरलैंड | ऑस्ट्रेलिया | सिंगापुर
न्यू ज़ीलैंड | भारत | दक्षिण अफ्रीका | चीन

हिन्द पॉकेट बुक्स, पेंगुइन रैंडम हाउस ग्रुप ऑफ़ कम्पनीज़ का हिस्सा है,
जिसका पता global.penguinrandomhouse.com पर मिलेगा

पेंगुइन रैंडम हाउस इंडिया प्रा. लि.,
चौथी मंजिल, कैपिटल टावर -1, एम जी रोड,
गुड़गांव 122 002, हरियाणा, भारत

पेंगुइन
रैंडम हाउस
इंडिया

प्रथम हिन्दी संस्करण हिन्द पॉकेट बुक्स द्वारा 2013 में प्रकाशित
यह हिन्दी संस्करण हिन्द पॉकेट बुक्स में पेंगुइन रैंडम हाउस द्वारा 2022 में प्रकाशित

10 9 8 7 6 5 4 3 2

इस पुस्तक में व्यक्त विचार लेखक के अपने हैं, जिनका यथासंभव तथ्यात्मक सत्यापन किया गया है, और इस संबंध में प्रकाशक एवं सहयोगी प्रकाशक किसी भी रूप में उत्तरदायी नहीं हैं।

ISBN 9789353492045

मुद्रकः रेप्रो इंडिया लिमिटेड

www.penguin.co.in

FSC www.fsc.org
MIX
Paper from responsible sources
FSC® C047271

This is a legitimate digitally printed version of the book and therefore might not have certain extra finishing on the cover.

सिद्धार्थ से गौतम बुद्ध

सिद्धार्थ का जन्म

563 ई.पू. वैसाख पूर्णिमा का दिन था। कपिलवस्तु राज्य (नेपाल) के लुम्बिनी वन में शाक्य वंश के राजा शुद्धोदन के महल में एक बालक का जन्म हुआ। पिता शुद्धोदन ने बालक का नाम सिद्धार्थ रखा, जिसका अर्थ है, मनोकामना पूर्ण होना। सिद्धार्थ की माता का नाम महामाया था। जन्म के सात दिन बाद उनकी माता का देहान्त हो गया। सिद्धार्थ का पालन-पोषण उनकी मौसी महाप्रजापति गौतमी ने किया, जिसने बाद में राजा शुद्धोदन से विवाह कर लिया। इस कारण सिद्धार्थ को गौतम नाम से भी पुकारा जाने लगा।

महान ऋषि असित काल देवल नवजात शिशु को देखने कपिलवस्तु आए। सिद्धार्थ पर नज़र पड़ते ही ऋषि ने उन्हें गोद में उठा लिया और शुद्धोदन को बताया कि यह बालक विलक्षण प्रतिभा का धनी है। यदि इसने गृहस्थ धर्म स्वीकार किया, तो अवश्य ही चक्रवर्ती सम्राट बनेगा, लेकिन मुझे ऐसी संभावना कम दिखाई देती है। ऋषि ने पुनः भविष्यवाणी की कि यह बालक गृहत्याग कर संन्यासी बनेगा और मानव जाति को जन्म-मरण से मुक्ति का मार्ग दिखाएगा। कहते-कहते ऋषि की आंखों से आंसू बहने लगे। यह सोचकर कि जब यह बालक बुद्धत्व प्राप्त करेगा वे जिन्दा नहीं रहेंगे। ऋषि की बातें सुनकर राजा शुद्धोदन चिन्तित हो उठे।

सिद्धार्थ की शिक्षा-दीक्षा

8 वर्ष की अवस्था में सिद्धार्थ की शिक्षा आरम्भ हुई। सिद्धार्थ साहित्य, संगीत, खेलकूद, धनुर्विद्या सभी विषयों में समान रुचि रखते थे। पढ़ाई के साथ-साथ शारीरिक कौशल के प्रशिक्षण में भी सिद्धार्थ पीछे नहीं रहते थे। उनके राज्य में धान बोने के प्रथम दिन एक उत्सव मनाया जाता था, जिसे वप्रमंगल कहते थे। इसमें राजा को स्वयं खेत में हल जोतना होता था। सिद्धार्थ अति प्रसन्न होकर पिता के साथ खेत जोतते थे।

सिद्धार्थ बचपन से ही दयालु स्वभाव के थे। खेत जोतते समय जब उन्होंने दूसरे मजदूरों को खेत पर काम करते देखा, कि उनके शरीर पर कपड़े भी नहीं हैं और उनका बदन तपती धूप में जल रहा है। उनका कोमल मन बहुत दुःखी हुआ। उनके मन में विचार आया कि मेहनत मजदूर करे और मालिक उनकी मेहनत पर ऐश करे। एक आदमी का दूसरे आदमी पर शोषण करना कहां तक उचित है।

निर्दोष प्राणियों के वध को सिद्धार्थ पाप कर्म मानते थे। मां गौतमी के इस तर्क पर कि हम क्षत्रिय हैं, शिकार करना और लड़ना हमारा धर्म है। सिद्धार्थ पूछते – मां बताओ, एक आदमी का दूसरे को मारना धर्म कैसे हो सकता है?

एक बार सिद्धार्थ के भाई देवदत्त ने एक पक्षी को अपने बाण से घायल कर दिया। सिद्धार्थ ने उस पक्षी को उठाया और उसका उपचार किया। तभी देवदत्त वहां आकर पक्षी पर अपना अधिकार जताने लगे। सिद्धार्थ ने देवदत्त से कहा – हत्या करने वाला कैसे किसी का मालिक हो सकता है? मामला न्यायालय तक पहुंचा। न्यायालय ने सिद्धार्थ के तर्क को उचित माना और निर्णय सिद्धार्थ के पक्ष में दिया।

सिद्धार्थ नौ वर्ष के थे। उनके राज्य में वप्रमंगल उत्सव मनाया जा रहा था। सब उत्सव में व्यस्त थे। तभी सिद्धार्थ अचानक खेत के पास जम्बू वृक्ष की छाया में पालथी मारकर बैठ गए। धीरे-धीरे आंखें बन्द कर ध्यानावस्था में चले गये। उत्सव समाप्त होने तक सिद्धार्थ इसी तरह ध्यानमग्न रहे। राजा शुद्धोदन ने जब सिद्धार्थ को इस अवस्था में देखा, तो असित ऋषि की भविष्यवाणी याद कर बेचैन हो उठे।

सोलहवें वर्ष में सिद्धार्थ का विवाह कोलिय राज्य की राजकुमारी यशोधरा से हुआ, जो अपनी सुन्दरता और शील स्वभाव के लिए प्रसिद्ध थी। विवाह के काफी समय बाद यशोधरा ने एक पुत्र को जन्म दिया, जिसका नाम राहुल रखा गया।

पत्नी पुत्र का मोह और सुखी जीवन भी सिद्धार्थ को आसक्त न कर सके। सिद्धार्थ मन-ही-मन सोचते रहते कि संसार में इतना दुःख क्यों है? इसका कारण क्या है? क्यों ताकतवर लोग ग़रीब,

कमज़ोर का शोषण करते हैं? एक मनुष्य दूसरे मनुष्य से क्यों लड़ता है? सिद्धार्थ को इस तरह विचाराधीन देख राजा शुद्धोदन भी चिन्तित रहते थे।

राजा शुद्धोदन ने सिद्धार्थ को राजकार्य में व्यस्त रखने की कोशिश की। उन्हें आशा थी कि यदि सिद्धार्थ अब से राजकार्य में समय देंगे, तो धीरे-धीरे राजा बनना स्वीकार कर लेंगे और कुशलता से राजपाट संभाल लेंगे। किन्तु सिद्धार्थ ने स्पष्ट शब्दों में अपने विचार पिता के समक्ष रख दिए कि 'राजसिंहासन मुझे दहकते अंगारों की तरह लगता है। मेरा मन अशान्त है। ऐसे में मैं जनता के साथ न्याय नहीं कर सकता। मन की शान्ति के लिए मैं धर्म का मार्ग खोजना चाहता हूं।

राजा शुद्धोदन ने अभी भी हार नहीं मानी। उन्होंने सिद्धार्थ को राजनीति में व्यस्त रखने के लिए शाक्य संघ में शामिल होने का परामर्श दिया। यह शाक्यों का अपना संघ था। प्रत्येक शाक्य को 20 वर्ष की आयु होने पर इस संघ में दीक्षित होना अनिवार्य था। इस संघ के अपने आठ नियम थे –

1. अपने तन, मन, धन से शाक्यों के हितों की रक्षा करना।
2. संघ की सभाओं में शामिल होना।
3. चोरी न करना।
4. झूठी गवाही न देना।

5. किसी की हत्या न करना।

6. व्याभिचार न करना।

7. बिना पक्षपात के किसी शाक्य के दोष को स्पष्ट कह देना।

8. अपना दोष स्वीकार करना, दोषी होने पर क्रोध न करना।

इन नियमों का पालन सिद्धार्थ पूर्णरूप से करते थे। वे संघ के प्रत्येक कार्य में योगदान देते थे। आठ वर्ष तक सिद्धार्थ संघ के महत्वपूर्ण सदस्य रहे।

सिद्धार्थ 28 वर्ष के थे। तभी शाक्य राज्य और पड़ोसी कोलिये राज्य में रोहिणी नदी के जल के बंटवारे को लेकर मतभेद हो गया। रोहिणी नदी दोनों राज्यों के बीच की सीमा रेखा थी। रोहिणी का जल कौन कितना उपयोग करेगा, इसे लेकर दोनों राज्यों में विवाद चलता रहता था, जो अब युद्ध की स्थिति तक पहुंच गया था। शाक्य सेनापति युद्ध करना चाहता था। सिद्धार्थ युद्ध के खिलाफ़ थे। शाक्य संघ ने बहुमत से शाक्य सेनापति का पक्ष लिया। सिद्धार्थ ने इसका विरोध किया। शाक्य संघ के नियमों के अनुसार जो सदस्य संघ का विरोध करता है उसे संघ देशनिकाला दे सकता है। सिद्धार्थ ने बहुमत के आगे झुकने की अपेक्षा संघ का दंड स्वीकार किया और गृहत्याग कर परिव्राजक (संन्यासी) बनने का निर्णय लिया।

गृह-त्याग

सिद्धार्थ ने 29 वर्ष की आयु में गृहत्याग किया था। कुछ विद्वानों के मतानुसार सिद्धार्थ ने एक बूढ़े और बीमार आदमी एवं एक मुर्दे को, तत्पश्चात् फिर एक संन्यासी को देखा और घर छोड़ने का फैसला ले लिया, किन्तु यह मत सर्वथा तर्कहीन लगता है, क्योंकि सिद्धार्थ ने 29 वर्ष की आयु से पहले भी बूढ़े, बीमार, मृत व्यक्ति को अवश्य देखा होगा। सिद्धार्थ इतने बड़े राज परिवार में रहते थे, जहां असंख्य नौकर-चाकर थे। बचपन से ही सिद्धार्थ ने किसी-न-किसी को बीमार पड़ते अवश्य देखा होगा। माता-पिता, रिश्तेदारों को भी धीरे-धीरे बूढ़े होते देखा होगा, मृत्यु भी अवश्य देखी होगी। फिर उन्होंने तभी गृहत्याग क्यों नहीं किया? 28 वर्ष तक रूकने की क्या आवश्यकता थी? अतः ये आलोचनाएं सत्य से सर्वथा परे है।

वास्तविकता है कि सिद्धार्थ के मन में प्राणियों के प्रति अतिशय करूणा थी। जब उन्होंने देखा कि लोग आपस में लड़ रहे हैं, एक दूसरे का शोषण कर रहे हैं, जन्म लेने वाला प्रत्येक व्यक्ति बीमारियों, बुढ़ापा और मृत्यु के दुःखों से गुजरता है, तो उनके मन में विचार उठते कि यदि संसार में दुःख है, तो उन्हें दूर करने का मार्ग भी अवश्य होगा। उन्हें उसी मार्ग की खोज करनी है। दूसरों को मुक्ति का रास्ता वे तभी दिखा सकते हैं, जब उस रास्ते की खोज कर और उस पर चलकर स्वयं मुक्त हो सकें।

कुछ आलोचकों का यह कहना है कि रात में परिवार के सब सदस्य सोए हुए थे। सिद्धार्थ चुपचाप बिना किसी को बताए घर छोड़कर चले गए। यह सत्य नहीं हैं, क्योंकि सिद्धार्थ ने कपिलवस्तु की जनता, माता-पिता और पत्नी की जानकारी में सबकी अनुमति से गृहत्याग किया। गृहत्याग के समय माता गौतमी और यशोधरा के साथ उनका हृदयस्पर्शी वार्तालाप उल्लेखनीय है –

रोती हुई गौतमी बोलीं, "तुम हम सबको इस तरह छोड़कर अकेले कैसे जा सकते हो?"

सिद्धार्थ ने सांत्वना दी – "मां तुम क्षत्राणी होने का दावा करती हो, इस तरह रोना तुम्हारे लिए अशोभनीय है। यदि मैं युद्धभूमि में वीरगति को प्राप्त होता, तब भी क्या तुम इसी तरह दुःखी होती?"

इस तर्क से राजा शुद्धोदन और गौतमी चुप हो गए। सिद्धार्थ वहां से गौतमी के कमरे की तरफ चल पड़े।

सिद्धार्थ ने यशोधरा से पूछा – "यशोधरा मुझे बताओ! मेरा परिव्राजक होने का निर्णय तुम्हें कैसा लगा?"

यशोधरा ने उत्तर दिया – "यदि मैं तुम्हारी स्थिति में होती, तो मैं भी यही करती। तुम्हें मेरी अनुमति और पूरा समर्थन है। अपने माता-पिता और पुत्र की चिन्ता न करना। मैं जब तक जीऊंगी, सबकी देखभाल करूंगी। मैं बस इतना चाहती हूं कि तुम किसी ऐसे नए पथ की खोज कर सको, जो मानवता के लिए कल्याणकारी हो।"

यशोधरा की दृढ़ता और सहनशीलता से सिद्धार्थ अत्यन्त प्रभावित हुए। उन्होंने यशोधरा से राहुल को लाने को कहा। एक पिता की वात्सल्यपूर्ण दृष्टि सिद्धार्थ ने राहुल पर डाली और विदा हो गए।

सिद्धार्थ सर्वप्रथम अपने घोड़े कंथक पर सवार होकर भारद्वाज ऋषि के आश्रम में पहुंचे। इस समय तक उनके गृहत्याग की सूचना समस्त कपिलवस्तु में आग की तरह फैल चुकी थी। सिद्धार्थ के दर्शनों के लिए कपिलवस्तु की जनता आश्रम की तरफ ही पहुंच चुकी थी। राजा शुद्धोदन और माता गौतमी पहले ही पहुंच चुके थे। वहां सिद्धार्थ का प्रवज्या संस्कार होना था। सिद्धार्थ के चचेरे भाई महानाम संन्यासी की ज़रूरत के वस्त्र और भिक्षापात्र लिए उपस्थित थे। सिद्धार्थ ने अपने राजसी वस्त्र उतार कर अपने सारथी छन्न को दे दिये और संन्यासियों के वस्त्र धारण किये। ऋषि भारद्वाज ने आवश्यक संस्कार पूरा किया और सिद्धार्थ के परिव्राजक बनने की घोषणा की।

सिद्धार्थ भारद्वाज ऋषि के आश्रम से चल दिए। जनता भी सिद्धार्थ के पीछे-पीछे आने लगी। सिद्धार्थ ने बहुत अनुनय-विनय कर जनता को वापिस लौटने को तैयार किया, लेकिन सिद्धार्थ के सारथी छन्न ने अनोभा नदी तक सिद्धार्थ के साथ चलने की प्रार्थना की, जिसे सिद्धार्थ ने स्वीकार कर लिया। राजा शुद्धोदन और माता गौतमी भी राजमहल वापिस लौट आए। उन्होंने सिद्धार्थ के राजसी वस्त्र और आभूषण एक कमल के तालाब में विसर्जित कर दिये।

सिद्धार्थ सारथी छन्न और प्रिय घोड़े कंथक के साथ अनोभा नदी के तट पर पहुंच गए। सिद्धार्थ ने छन्न को वापिस लौटने को कहा।

छन्न समझ गया कि सिद्धार्थ इससे आगे जाने की आज्ञा नहीं देंगे। उसने सिद्धार्थ के संन्यासी रूप को प्रणाम किया। घोड़े कंथक की भी आंखों में आंसू आ गए। सिद्धार्थ ने अपने हाथों से उसे थपथपाया और अपने मार्ग पर चल दिए।

कपिलवस्तु से सिद्धार्थ सर्वप्रथम राजगृह पहुंचे, जो मगध राज्य की राजधानी थी। वहां सिद्धार्थ एक जंगल में जाकर पद्मासन लगाकर बैठ गए। जैसे ही राजा विम्बिसार को यह सूचना मिली, वे स्वयं सिद्धार्थ से मिलने पहुंचे। बातचीत के दौरान विम्बिसार ने सिद्धार्थ से पुनः गृहस्थ जीवन और राज्य संभालने का अनुरोध किया और कहा – "यदि आप अपने पैतृक राज्य वापिस नहीं जाना चाहते तो मैं आपको अपना आधा राज्य देता हूं। इसे ग्रहण करने की कृपा करें।" किन्तु सिद्धार्थ ने इनकार करते हुए कहा – "मैं संसार के कलहों से आहत हूं, मैं शान्ति की खोज में हूं। दुःख का अन्त करने के बदले मैं इस पृथ्वी का राज्य तो क्या दिव्य लोक का राज्य भी न चाहूंगा।"

राजा विम्बिसार सिद्धार्थ के दृढ़ निश्चय के सम्मुख नतमस्तक हो गए और सिद्धार्थ से प्रार्थना की – "बिना किसी बाधा के आपका उद्देश्य सफल हो। जब कभी आपको बुद्धत्व प्राप्त हो जाए पुनः यहां पधार कर मुझे दीक्षा देने की कृपा कीजिएगा।"

राजगृह में सिद्धार्थ की मुलाकात पांच परिव्राजकों (कोडन्न, वप्प, भद्दीय, महायान, अस्साजी) से हुई, जिन्होंने सिद्धार्थ को यह समाचार दिया कि कपिलवस्तु के शाक्यों और कोलियों के बीच शान्ति स्थापित हो गई है, जिससे सिद्धार्थ का मन कुछ शान्त हुआ।

संसार को दुःखों से मुक्ति दिलाने का मार्ग ढूंढ़ने की इच्छा से सिद्धार्थ ने सर्वप्रथम प्रत्येक परंपरा और प्रत्येक मत का स्वयं परीक्षण करने का निश्चय किया। इसके लिए सर्वप्रथम सिद्धार्थ भृगु ऋषि के आश्रम पहुंचे। भृगु ऋषि के मतानुसार शरीर को कष्ट देने से और कठोर तप करने से ही स्वर्ग की प्राप्ति हो सकती है। आश्रम में सिद्धार्थ ने देखा कि स्वर्ग पाने की लालसा में साधु अपने शरीर को जल में या अग्नि में तपाते हैं। विचित्र-विचित्र तपस्याएं कर शरीर को कष्ट देते हैं, किन्तु सिद्धार्थ को स्वयं स्वर्ग पाने की इच्छा न थी। वे तो संसार के दुःखों का मूल कारण और उनका निवारण खोजना चाहते थे। अतः सिद्धार्थ ने भृगु ऋषि का आश्रम छोड़ दिया। इसके उपरान्त सिद्धार्थ ने उस समय के प्रसिद्ध अनेकों आश्रमों में भ्रमण किया, किन्तु सन्तुष्ट नहीं हुए। अन्त में खोज करते-करते वे प्रसिद्ध मुनि आलार कालाम के आश्रम पहुंचे।

ऋषि आलार कालाम ने सिद्धार्थ को सांख्य परम्परा की शिक्षा दी। यहां सिद्धार्थ ने सात प्रकार के ध्यान सीखे, लेकिन मन को शान्त न कर सके। सिद्धार्थ यहां से उद्दक रामपुत्त ऋषि के आश्रम पहुंचे, जहां सिद्धार्थ ने आठवां ध्यान सीखा। आठवें ध्यान से सिद्धार्थ का मन शान्त सरोवर की तरह स्थिर हो गया, किन्तु अभी भी सिद्धार्थ जीव-जगत में विद्यमान दुःखों का कारण और उनके निवारण का रास्ता नहीं खोज पाये, अतः उन्हें ऋषि उद्दक रामपुत्त से प्रश्न किया – अब आगे क्या? ऋषि ने उनको उत्तर दिया कि जितना ज्ञान उन्हें प्राप्त था, सब सिखा चुके हैं। सिद्धार्थ तुरन्त आश्रम छोड़ कर चल पड़े।

सिद्धार्थ ने निर्णय लिया कि उद्देश्य की प्राप्ति के लिए अब उन्हें स्वयं ही तपस्या करनी होगी। यह सोचकर सिद्धार्थ निरजना नदी को पार कर डुंगेश्वरी पर्वत पर पहुंचे। वहां सिद्धार्थ एक गुफा में कठोर तप करने लगे। कुछ समय बाद वही पांच परिव्राजक वहां आए, जिन्होंने शाक्य और कोलिय राज्य की शान्ति का सन्देश सिद्धार्थ को दिया था। वे पांचों भी उसी गुफा में रहकर सिद्धार्थ की सेवा करने लगे। कठोर तपस्या से सिद्धार्थ इतने कमज़ोर हो गए कि हिलना-डुलना भी मुश्किल हो गया। सिद्धार्थ को अब भी अपनी समस्या का समाधान नज़र नहीं आ रहा था।

ज्ञान मार्ग का पार्थक

अंततः सिद्धार्थ इस निष्कर्ष पर पहुंचे कि ज्ञान प्राप्ति के लिए शरीर को पीड़ा देने का मार्ग उचित नहीं है। शरीर पर अत्याचार करके मन को शान्त और एकाग्र नहीं किया जा सकता। अब उन्हें अपना मार्ग स्वयं खोजना होगा। वे अपने गुरु स्वयं बनेंगे। सिद्धार्थ ने तपस्या का मार्ग त्याग दिया। अब उन्होंने भिक्षा मांग कर शरीर की ज़रूरत के अनुसार नियमित भोजन करना आरम्भ कर दिया, जिससे क्रोधित होकर पांचों परिव्राजक सिद्धार्थ को छोड़ कर चले गए।

अचानक एक दिन सिद्धार्थ को स्मरण हुआ कि 9 वर्ष की आयु में जब जम्बू वृक्ष की छाया में उन्होंने पहली बार ध्यान साधना की थी, तो मन बिल्कुल शांत और एकाग्र हो गया था। ध्यान की प्रक्रिया से बुद्धत्व की प्राप्ति संभव हो सकती है।

डुंगेश्वरी की गुफा छोड़कर सिद्धार्थ बोध के उरूवेला गांव पहुंचे। यहां प्रतिदिन सिद्धार्थ एक पीपल के वृक्ष के नीचे पूर्व की तरफ मुख करके पद्मासन लगाकर बैठ जाते और ध्यान में लीन हो जाते थे। इस समय सिद्धार्थ की आयु 35 वर्ष की थी। चार हफ़्ते से सिद्धार्थ ध्यानावस्था में थे। अचानक सिद्धार्थ आराम करने के उद्देश्य से वहीं पर लेट गए, तभी उन्हें नींद आ गई। निन्द्रावस्था में

सिद्धार्थ ने स्वप्न देखा। स्वप्न में सिद्धार्थ ने अपना विराट रूप देखा, जिसमें उनका सिर हिमालय के शिखर पर, पांव दक्षिण में कन्याकुमारी तक फैले थे। दक्षिण महासागर उनके पैर धो रहा था। दाहिना हाथ पश्चिम में अरब सागर, बायां हाथ पूर्व में बंगाल की खाड़ी के तट पर था। सिद्धार्थ उठ कर बैठ गए और स्वप्न के अर्थ पर विचार करने लगे। यह स्वप्न इस बात का संकेत कर रहा था कि सिद्धार्थ को बुद्धत्व प्राप्त होने वाला है

तभी सुजाता नाम की एक स्त्री वहां आई। वह प्रतिदिन अपनी मनोकामना की पूर्ति के लिए वृक्ष देवता को खीर का भोग लगाती थी। सिद्धार्थ को ध्यानमग्न देख सुजाता ने सोचा आज वृक्ष देवता साक्षात् प्रकट हो गए हैं। उसने खीर का स्वर्णपात्र सिद्धार्थ के समक्ष रख दिया। सिद्धार्थ ने निरंजना नदी पर स्नान किया और सुजाता की भेंट की हुई खीर से अपनी भूख को शान्त किया। तत्पश्चात् दृढ़ निश्चय कर पुनः पद्मासन लगाकर बैठ गए कि जब तक बुद्धत्व प्राप्त नहीं होगा ध्यान से नहीं उठेंगे।

ध्यान की गहनतम अवस्था में जाने से चेतना की नई-नई परतें उनके सामने खुलने लगीं। सिद्धार्थ ने पाया कि प्राणी मात्र अज्ञान के कारण अनेक प्रकार के दुःख और कष्ट भोगते हैं। लोभ, मोह, क्रोध, अहंकार, भ्रम, राग द्वेष, भय सभी का कारण मनुष्य की अज्ञानता है। अज्ञानता के दूर होते ही मानव के दुःख स्वयं दूर हो जाएंगे। अज्ञानता को दूर करने का जो रास्ता सिद्धार्थ ने खोज निकाला उसे चार आर्यसत्य और आर्य आष्टांगिक मार्ग कहा। इस तरह सिद्धार्थ ने निर्वाण का साक्षात्कार

किया। 35 वर्ष की अवस्था में सन् 528 ई. पू. वैशाख पूर्णिमा को बुद्धत्व प्राप्त कर सिद्धार्थ गौतम सम्यक् सम्बुद्ध बन गए और भगवान बुद्ध कहलाए।

सात सप्ताह तक सिद्धार्थ निर्वाण सुख की अनुभूति में डूबे रहे। उन्हें संसार की भी सुध-बुध नहीं रही। सिद्धार्थ ने अनुभव किया कि ज्ञान प्राप्ति का जो रास्ता जिसके लिए उन्होंने व्यर्थ ही इतने कठोर तप किये। उसका रास्ता बहुत ही आसान है, लेकिन फिर भी सिद्धार्थ असमंजस्य में थे कि यह सीधा और सरल रास्ता वे आम लोगों को समझा पाएंगे या नहीं, क्योंकि लोग पुरानी मान्यताओं और कट्टर परम्पराओं में ज़्यादा विश्वास करते हैं। तभी सिद्धार्थ के मस्तिष्क में एक विचार आया कि संसार में कुछ मनुष्य ऐसे भी हैं, जिनकी अज्ञानता का पर्दा बहुत बारीक है। वे उनकी बातें जल्दी समझ पाएंगे। इस संदर्भ में सिद्धार्थ को सर्वप्रथम अपने गुरु आलार कालाम और ऋषि उद्दक रामपुत्त का स्मरण हुआ, जिन्होंने ज्ञान प्राप्ति में सिद्धार्थ का साथ दिया था, किन्तु उन्हें पता चला कि दोनों ऋषियों का देहांत हो चुका था। अब सिद्धार्थ को उन पांचों परिव्राजकों की याद आई, जिन्होंने 6 वर्षों तक सिद्धार्थ की सेवा की थी। वे पांचों सिद्धार्थ से नाराज़ थे, क्योंकि सिद्धार्थ ने कठोर तपस्या का मार्ग छोड़ दिया था। सिद्धार्थ ने उन्हें खोजने का निश्चय किया। पता चला कि वे पांचों सारनाथ के पास भृगदाय वन में तपस्या कर रहे हैं। गौतम बुद्ध उनसे मिलने भृगदाय वन पहुंचे। जैसे ही उन्होंने भृगदाय वन में प्रवेश किया, वे पांचों भगवान बुद्ध के मुख-मंडल की आभा, चेहरे की मुस्कान, ओजस्वी व्यक्तित्व से इतने प्रभावित हुए कि सुध-बुध खोकर नाराज़गी

छोड़कर उनके स्वागत के लिए दौड़ पड़े। थोड़े समय की बातचीत से वे पांचों परिव्राजक समझ गए कि गौतम बुद्ध ने जन्म-मरण से मुक्ति का मार्ग खोज लिया है और उन्हें सच्चा मार्गदर्शक मिल गया है। पांचों परिव्राजक गौतम बुद्ध के चरणों में गिर पड़े और प्रार्थना करने लगे कि गौतम बुद्ध उन पांचों को अपना शिष्य बना लें। इस तरह पांचों परिव्राजक गौतम बुद्ध के प्रथम पांच शिष्य बने, जो पंचवग्गीय भिक्खु कहलाए। भगवान बुद्ध ने उन पांचों को अपना प्रथम उपदेश दिया, जिसे 'धम्म-चक्र प्रवर्तन सूत्र' कहते हैं।

भगवान बुद्ध ने अपने शिष्यों को सम्बोधित करते हुए कहा, 'हे भिक्खुओं, मैंने स्वयं के प्रत्यक्ष अनुभवों से और अपनी अन्तर्दृष्टि से यह जाना है कि मनुष्यों को संसार के किसी भी प्राणी और वस्तु विषयों से अतिशय लगाव नहीं रखना चाहिए। सांसारिक तृष्णा ही मनुष्य के दुःख का कारण है, जो उसे ज्ञान, बुद्धि, शान्ति और अन्त में निर्वाण सुख की अनुभूति तक पहुंचा सकता है।' इसके लिए भगवान बुद्ध ने चार आर्य सत्य और श्रेष्ठ आष्टांगिक मार्ग को अपनाने का उपदेश दिया, जो उल्लेखनीय है –

पहला आर्यसत्य – दुःख, संसार में दुःख ही दुःख है।

दूसरा आर्यसत्य – दुःख का कारण, मनुष्य की अतिशय तृष्णा ही उसके दुःख का कारण है।

तीसरा आर्यसत्य – दुःख निरोध, तृष्णा को जड़ से मिटा देने से ही दुःख का अन्त हो सकता है।

चौथा आर्यसत्य – दुःख निरोध का मार्ग, तथागत के उपदेशानुसार संसार में दुःख ही दुःख है, जिसका कारण मनुष्य की तृष्णा है। यदि मनुष्य अपनी इच्छाओं का दमन कर दे, तो अपना जीवन सुखमय बना सकता है। इच्छाओं का दमन करने के लिए जो मार्ग गौतम बुद्ध ने सुझाया, उसे आर्य आष्टांगिक मार्ग कहा जाता है। ये आठ संकल्प है – सम्यक् दृष्टि, सम्यक् संकल्प, सम्यक् वचन, सम्यक् कर्म, सम्यक् आजीविका, सम्यक् व्यायाम, सम्यक् स्मृति, सम्यक् समाधि।

भगवान बुद्ध ने पांचों भिक्खुओं को भृगदाय वन में ही धम्म सिखाना आरंभ कर दिया। तीन महीने में ही पांचों भिक्खुओं ने चार आर्य सत्यों को समझ लिया और पूर्ण मुक्ति की अवस्था प्राप्त कर ली। अब भगवान बुद्ध ने एक भिक्खु संघ की स्थापना की। धीरे-धीरे भगवान बुद्ध के अनुयायियों की संख्या बढ़ने लगी। बनारस के एक धनी व्यापारी का पुत्र, जो भोग-विलासों से ऊब चुका था, अपने माता-पिता और 54 साथियों के साथ बुद्ध की शरण में आ गया। अब गौतम बुद्ध ने अपने शिष्यों को आदेश दिया कि वे विश्व के कल्याण के लिए बहुजन हिताय के लिए सभी दिशाओं में जाकर धम्म की शिक्षा दें। भगवान बुद्ध ने स्वयं राजा विम्बिसार से मिलने का निश्चय किया और राजगृह की तरफ चल पड़े। मार्ग में जिधर से भी गौतम बुद्ध गुज़रते, उनका शान्त, सौम्य, करूणा से भरा चेहरा देखकर लोग चुम्बक की तरह खिंचे चले आते और उनके शिष्य बन जाते। विद्वान, योद्धा, व्यापारी, गृहस्थ, किसान, अमीर, ग़रीब सभी वर्ग व सम्प्रदाय के लोग बुद्ध की शरण में आने लगे।

मगध नरेश विम्बिसार, कौशल नरेश प्रसेनजित, उनकी रानी मल्लिका वैशाली की नगरवधू आम्बपाली, मिगार माता विशाखा, प्रसिद्ध विद्वान सारिपुत्त और मोग्गालन श्रावस्ती के व्यापारी अनाथ पिंडक जैसे महत्वपूर्ण व्यक्तियों ने धम्म की दीक्षा लेने के लिए बौद्ध संघ की शरण ली।

बारिश के मौसम में भगवान बुद्ध ने भिक्खु को एक स्थान पर ही ठहराने का नियम बनाया, जिसे वर्षावास का नाम दिया गया।

बाकी पूरे साल भगवान बुद्ध अपने शिष्यों के साथ स्थान-स्थान पर भ्रमण कर धम्म की शिक्षा देते थे। धम्म-यात्रा के दौरान एक बार भगवान बुद्ध कपिलवस्तु गए। वहां उनके पुत्र राहुल, सौतेले भाई नंद के अतिरिक्त अनिरूद्ध भद्दीय, किम्बिल देवदत्त आदि भी भिक्खु संघ में सम्मिलित हो गए। अनुयायियों की संख्या निरन्तर बढ़ती जा रही थी। अब भगवान बुद्ध ने महिलाओं के लिए अलग भिक्खुणी संघ की स्थापना की, जिसमें माता गौतमी सहित अनेकों गणमान्य महिलाओं ने धम्म की दीक्षा लेकर अपने जीवन को सुखमय बनाया।

महापरिनिर्वाण

भगवान बुद्ध की आयु 80 वर्ष की हो चुकी थी। वे वैशाली के चापाल चैत्य में विहार कर रहे थे, तभी एक दिन उन्होंने आनन्द से कहा कि तीन महीने बाद वे महानिर्वाण प्राप्त करेंगे। भगवान बुद्ध ने वैशाली के समस्त भिक्खुओं को सम्बोधित किया और निशानी के रूप में अपना भिक्षापात्र भेंट किया। तत्पश्चात् तथागत कुशीनगर की तरफ चल पड़े।

वैशाली पूर्णिमा के दिन भगवान बुद्ध अपने शिष्यों के साथ कुशीनगर में थे, वहीं नजदीक आनंद ने भल्लों के बीच में उनका बिस्तर लगा दिया। भगवान उत्तर की तरफ मुख करके लेट गए। समस्त नगर में यह खबर फैल गई कि रात के तीसरे पहर तथागत परिनिर्वाण प्राप्त करेंगे। खबर पाते ही लोग दर्शनों के लिए सालवान में इकट्ठा होने लगे। भगवान ने अन्तिम बार अपने शिष्यों को उपदेश दिया – भिक्खुओं, यह संसार नश्वर है, क्षणभंगुर है, मरणशील है, परिवर्तनशील है, यही प्रकृति का कठोर सत्य है, प्रमाद से बचते हुए, सचेत और जागरूक रहते हुए प्रकृति के इस सत्य में स्थित रहते हुए अपना कल्याण करो।

यह अन्तिम उपदेश देकर रात्रि के तीसरे पहर 463 ई. पू. भगवान

ने परिनिर्वाण प्राप्त किया। सात दिनों तक उनकी नृत्य संगीत से पूजा होती रही। सातवें दिन उनका अग्नि संस्कार किया गया। उनके अवशेषों को आठ भागों में बांट कुशीनगर, मगध, वैशाली, कपिलवस्तु, महाकाय के बल्लियों, रामगाम के कोलियों, बेठा और पावा के मल्लों को सौंप दिया गया, जिन्होंने उनके अवशेषों पर स्तूप बनवाये।

उपदेश

भगवान बुद्ध ने 45 वर्ष तक करोड़ों मनुष्यों को धम्म की दीक्षा दी। उनके अनुयायियों में उच्च और निम्न सभी वर्गों के लोग शामिल थे। भगवान बुद्ध के गृहस्थ अनुयायियों की संख्या भिक्खुओं की संख्या से बहुत ज़्यादा थी। इसका मुख्य कारण था कि बुद्ध जन साधारण की भाषा पालि में अपने उपदेश देते थे। उनकी विशेषता थी कि बुद्ध श्रोताओं की मानसिक स्थिति के अनुसार सामान्य घटनाओं और कहानियों के द्वारा अपने उपदेश देते थे। ऐसे ही कुछ उपदेश यहां प्रस्तुत हैं –

कौशल नरेश प्रसेनजित के पास पायोक्का नाम का एक हाथी था। वह बहादुर और बुद्धिमान था। कहा जाता था कि यदि राजा प्रसेनजित युद्ध में पायोक्का हाथी पर सवार हो, तो कोई भी सेना उन्हें युद्ध में पराजित नहीं कर सकती, लेकिन समय के साथ-साथ हाथी बूढ़ा हो गया। उसका महावत भी बूढ़ा होने के कारण नौकरी छोड़ चुका था। अब वह भगवान बुद्ध के संघ में धम्म सीख रहा था। एक दिन हाथी तालाब में नहाने गया, किन्तु दलदल में फंस गया। नये महावत ने हाथी को दलदल से बाहर निकालने के लिए अनेक उपाय किए। हाथी को केले और गन्ने दिखाए, जिससे लालच

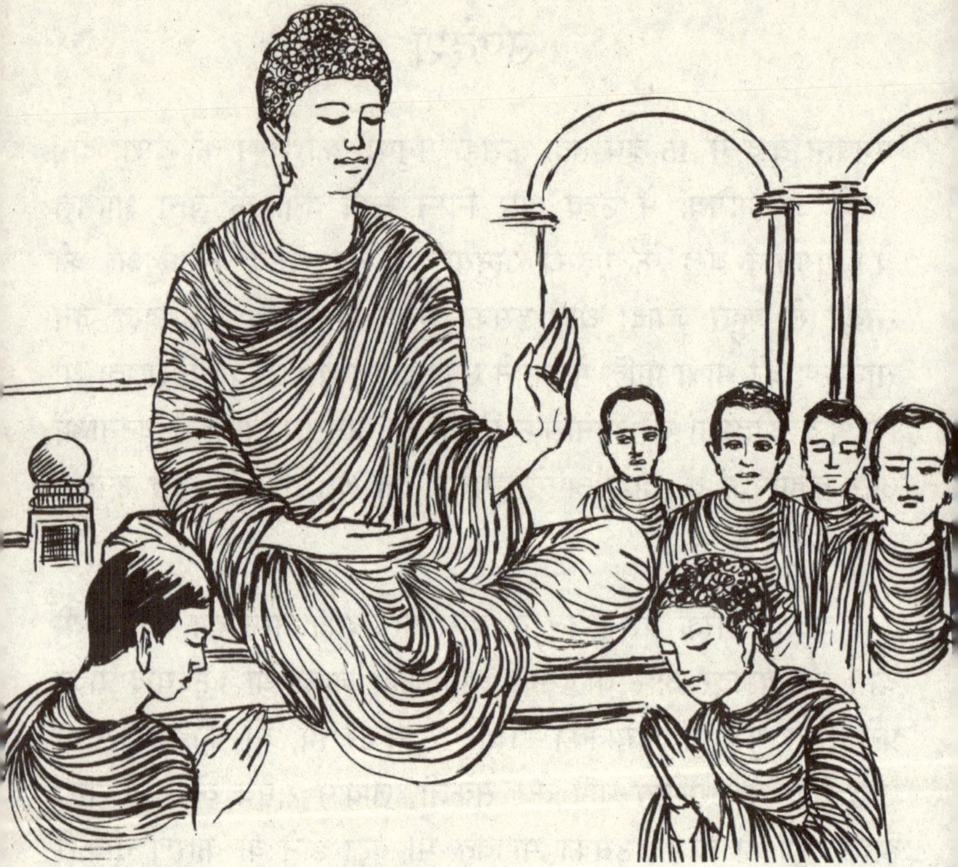

में आकर हाथी ज़्यादा ताकत लगाए और दलदल से बाहर निकल सके, लेकिन सब व्यर्थ। राजा प्रसेनजित यह खबर सुनकर बहुत दुःखी हुए। धीरे-धीरे यह खबर पूरी श्रावस्ती ये फैल गई, जैसे ही भगवान बुद्ध को समाचार मिला, उन्होंने हाथी के पुराने महावत को हाथी की मदद के लिए भेजा। तालाब में हाथी को दलदल में फंसा देखकर महावत पहले तो जोर से हंसा, फिर उसने राजा से युद्ध का बिगुल बजवाने का अनुरोध किया। युद्ध का बिगुल बजते ही हाथी पूरे ज़ोर से चिंघाड़ा और दलदल से बाहर निकल आया।

शाम को सभा में भगवान बुद्ध ने इसी घटना के माध्यम से अपना उपदेश दिया। भगवान बुद्ध ने अपने भिक्खुओं को समझाया कि महावत हाथी को देखकर यह सोच कर हंसा कि इतना महान हाथी फंसा भी तो तालाब की दलदल में। बिगुल की आवाज़ से हाथी को महसूस हुआ कि वह युद्ध के मैदान में खड़ा है। वह शत्रु को हराने के उद्देश्य से पूरी ताकत से चिंघाड़ा और दलदल से निकल गया। भगवान बुद्ध ने साधकों से कहा, तुम सब भी भवसागर रूपी दलदल से बाहर आ सकते हो। अपनी इच्छाशक्ति को मज़बूत करो। अपनी सारी ताकत काम, क्रोध, मद, लोभ, मोह को जड़ से नष्ट करने में लगा दो। तुम भी निर्वाण के परम सुख को प्राप्त कर सकते हो।

एक बार भगवान बुद्ध नालन्दा में विहार कर रहे थे। असिवेधक नाम का युवक भगवान बुद्ध के पास आकर रोने लगा और बोला – "भगवान मेरे पिता की मृत्यु हो गई है। आप सर्वशक्तिमान हैं, ऐसा क्रियाकर्म कीजिए, जिससे मेरे पिता को स्वर्ग में स्थान मिल

जाए।" भगवान बुद्ध ने युवक से दो घड़े लाने को कहा फिर एक घड़े में मक्खन दूसरे घड़े में कंकड़-पत्थर भरवा कर घड़ों को तालाब में डालने की आज्ञा दी। दोनों घड़े पानी में डूब गए। अब भगवान बुद्ध ने युवक से उन घड़ों को फोड़ने का आदेश दिया। घड़ों के फूटते ही मक्खन पानी की ऊपरी सतह पर तैरने लगा। कंकड़-पत्थर पानी के नीचे डूब गए। अब भगवान बुद्ध ने युवक से पूछा – "तुम्हारी दृष्टि में कोई ऐसा पंडित या पुजारी है, जो अपने क्रियाकर्म से मक्खन को नीचे और कंकड़-पत्थरों को पानी के ऊपर तैरा सकता है।" युवक ने तुरन्त उत्तर दिया – "भगवान आप परिहास कर रहे हैं। ऐसा कैसे संभव है, यह तो प्रकृति का नियम है कि मक्खन पानी से हल्का होने के कारण ऊपर तैरेगा। पत्थर पानी से भारी होने के कारण डूब जाएंगे।" भगवान बुद्ध मुस्कुराए और युवक से बोले – "युवक तुम प्रकृति का नियम तो अच्छी तरह जानते हो, लेकिन यह नहीं समझ पाए कि तुम्हारे पिता ने यदि सत्कर्म किए होंगे, तो सद्गति मिलेगी, दुष्कर्म किए होंगे, तो दुर्गति होगी। कोई भी क्रिया कर्म, तंत्र-मंत्र उन्हें स्वर्ग नहीं दिला सकता। जैसे मनुष्य के कर्म होंगे, वैसा ही फल मिलेगा।"

सत्कर्म और दुष्कर्म की व्याख्या करते हुए बुद्ध ने उपदेश दिया, मन, वाणी और शरीर द्वारा किए गए कार्य, जिनसे स्वयं अथवा दूसरों को दुःख पहुंचाया है या नुकसान होता है – दुष्कर्म या पाप कहलाते हैं। इसके विपरीत मन वाणी और शरीर द्वारा किए गए वे कार्य जिनसे स्वयं और दूसरों को खुशी और शान्ति मिलती है – सत्कर्म या पुण्यकर्म कहलाते हैं।

शील, सदाचार का जीवन, मन को वश में रखना, स्वयं खुश रहते हुए दूसरों की खुशी के लिए प्रयत्नशील रहना बुद्ध धम्म का सार है।

आम्बपाली बुद्ध की शरण में

आम्बपाली वैशाली राज्य में रहने वाले एक ऋषि की पुत्री थी। आम के बाग में जन्म होने के कारण उनका नाम आम्बपाली रखा गया था। वह इतनी सुन्दर थी कि दूर-दूर के राज्यों तक उसकी सुन्दरता के चर्चे थे। अनेकों राजकुमार उससे विवाह का प्रस्ताव भेजने लगे। नौबत युद्ध तक आ पहुंची। लड़की एक, चाहने वाले अनेक। सब लोगों ने मिलकर निर्णय लिया कि आम्बपाली को वैशाली की नगरवधू बना दिया जाए। युद्ध द्वारा होने वाले नरसंहार और ख़ून-खराबे को रोकने के लिए अपने दिल पर पत्थर रखकर मजबूरी में आम्बपाली ने यह आदेश मान लिया, लेकिन इस शर्त के साथ कि उसके पास किसी को तभी आने की इजाजत होगी, जब वह चाहेगी और जिसको चाहेगी। सुन्दरता के साथ वह नाच-गाने के लिए भी मशहूर थी, लेकिन किसी भी व्यक्ति के कहने से अपनी कला का प्रदर्शन नहीं करती थी। यदि किसी का तौर-तरीका उसको अच्छा नहीं लगता था, तो वह अपनी कला का प्रदर्शन करने से मना कर देती थी, फिर कोई उसको कितना भी सोने-चांदी का लालच क्यों न दे? इस तरह कई मायने में वह साम्राज्ञी थी।

वैशाली में आम्बपाली का आमों का एक बहुत बड़ा बाग था।

एक बार भगवान बुद्ध भिक्खु संघ के साथ उसी बाग में रूके थे। आम्बपाली को जब पता चला, तो वह तथागत का प्रवचन सुनने आई। भगवान बुद्ध की करुणामयी दृष्टि से आम्बपाली के दुःख कम हुए और खुशी के मारे उसकी आंखें छलछला आईं। आम्बपाली ने बताया कि अपार धन-संपदा होने के बाद भी वह अंदर से कितनी दुःखी है। भगवान बुद्ध ने उसको धम्म समझाते हुए कहा – "किसी अन्य वस्तु के समान ही सुन्दरता आती है और चली जाती है। शोहरत और दौलत भी इसी तरह आती-जाती है। विपस्सना करने से जो शांति, खुशी और आज़ादी मिलती है, उसी से सच्चा आनंद मिलता है। आम्बपाली इस जीवन के जो क्षण शेष रह गए हैं उनको जियो और उनका पूरा ख्याल रखो। अपनी ज़िंदगी को झूठे भुलावे और ऐशो-आराम में बर्बाद मत करो।"

प्रवचन सुनने के बाद आम्बपाली ने बुद्ध और भिक्खु संघ को अगले दिन के भोजन के लिए अपने यहां निमंत्रण दिया, जिसे तथागत ने मौन रहकर स्वीकार कर लिया। जब वैशाली के लिच्छवियों को पता चला, तो उन्होंने आम्बपाली को कहा कि वह उनसे एक लाख रुपये ले ले, लेकिन अगले दिन का भोजनदान लिच्छवियों को करने दे। आम्बपाली ने कहा कि एक लाख तो क्या, अगर वो लोग उपनगरों सहित पूरी वैशाली भी देना चाहें, तो भी वह अगले दिन का भोजनदान उनको नहीं कराने देगी। हारकर लिच्छवी बुद्ध के पास गए और अगले दिन भोजन उनके यहां करने की प्रार्थना की। तथागत ने यह कहकर अस्वीकार कर दिया कि वह आम्बपाली का निमंत्रण

पहले ही स्वीकार कर चुके हैं। वो लोग चाहें तो उसके अगले दिन भोजनदान कर सकते हैं। लिच्छवियों ने वैसा ही किया।

अगले दिन आम्बपाली ने समस्त भिक्खु संघ के लिए स्वादिष्ट भोजन बनवाया। निश्चित समय पर तथागत भिक्खु संघ के साथ भोजन करने पहुंचे। भोजन समाप्त होने पर आम्बपाली ने अपना आमों का बाग भिक्खु संघ को दान में दे दिया, जिसे तथागत ने मौन रहकर स्वीकार कर लिया और दान का अनुमोदन करते हुए प्रवचन किया।

शील-समाधि और प्रज्ञा के मार्ग पर चलते-चलते आम्बपाली अर्हत पद को प्राप्त हुई।

पटाचारा और महात्मा बुद्ध

कोसल जनपद की राजधानी श्रावस्ती में एक अत्यंत धनवान दंपति रहते थे, जिनका एक छोटा पुत्र व पुत्री थी। मां-बाप पैसा कमाने व दूसरे कामों में व्यस्त रहते थे। पुत्र व पुत्री के लिए अलग-अलग नौकर रखे हुए थे। जवानी की उम्र पर पांव रखते ही लड़की भटक गई। उसका नाम पटाचारा था। 20 वर्ष की हुई, तो मां-बाप ने एक सुख-सम्पन्न परिवार में शादी तय कर दी। बारात आने से पहले ही वह लड़की पटाचारा नौकर के साथ भाग गई। दो वर्ष बाद उसे एक पुत्र हुआ। कुछ समय बाद उसे फिर गर्भ ठहरा। दोनों बहुत ही ग़रीब हो चुके थे, इसलिए उन्होंने मायके लौटने का फैसला किया। रास्ते में ही आंधी उठी व घनघोर वर्षा होने लगी। उसी समय उसे प्रसव पीड़ा शुरू हो गई। पति ने सोचा कुछ लकड़ियां काट लाऊं व पत्ते बटोरकर एक कुटिया बना दूं। लेकिन वह पूरी रात लौटा ही नहीं। उस भयावह रात में कीचड़ भरे रास्ते में युवती अकेली कराहती रही और एक बच्चे को जन्म दिया। जब सुबह तक भी पति नहीं लौटा, तो पटाचारा दोनों बच्चों को लेकर पति को ढूंढ़ने निकल गई।

जन्मजात शिशु को अपनी पीठ पर और दूसरे बच्चे का हाथ पकड़कर पटाचारा उसी रास्ते चल दी, जिस पर उसका पति गया था

और अंततः उसको मृत पाया। "सिर्फ़ मेरे ही कारण मेरे पति इस रास्ते पर मृत पड़े हैं", कहती हुई वह फूट-फूट कर रोने लगी।

कुछ समय के बाद वो रास्ते पर चलती रही, जब तक वह अकिरावती नदी के पास नहीं पहुंच गई, जो कि तूफान के कारण भर गई थी। वह पिछली रात के कारण कमज़ोरी महसूस कर रही थी, इसलिए अपने दोनों बच्चों को एक साथ नहीं ले जा सकती थी। पटाचारा ने बड़े लड़के को किनारे पर ही खड़ा किया और छोटे लड़के के साथ नदी को पार किया। उस पार उसने नवजात शिशु को एक पत्तियों के बिस्तर पर लिटाया और दूसरे बच्चे को लेने के लिए लौटी।

वह अभी नदी के बीच में ही पहुंची थी कि तभी एक बाज़ आया और उसके छोटे बेटे को उठाकर ले गया। पटाचारा ने बाज़ को देखा और तेज़ आवाज़ में चिल्लाई, "शू! शू!" जब नदी के उस पार बड़े लड़के ने मां की आवाज़ सुनी तो उसने सोचा, "मां मुझे बुला रही है।" और जल्दबाजी में उसके पास पहुंचने के लिए वह नदी में फिसल गया और पानी में बह गया।

अब पटाचारा बहुत निराश हो गई और फूट-फूट कर रोने लगी और कहा, "मेरे एक पुत्र को बाज़ उठाकर ले गया, दूसरे को नदी बहा ले गई और सड़क के किनारे मेरे पति मृत पड़े हैं।"

रोती बिलखती वह श्रावस्ती के श्मशान घाट से गुजरी तो पता लगा कि रात के तेज आंधी तूफान व बारिश में उसके पिता का सात

मंजिला महल गिर गया और परिवार के सभी सदस्य उसमें दबकर मर गए। श्मशान में उन्हीं की लाशें जलाई जा रही थीं। अब संसार में उसका कोई नहीं रह गया था। दुःख के मारे वह अपना होश गंवा बैठी और वहीं पछाड़ खाकर गिर पड़ी। मन इतना विक्षिप्त हुआ कि पागल हो गई। एक-एक कर शरीर के सारे कपड़े फाड़ कर वह निर्वस्त्र हो गई। पूर्ण नग्न वह श्रावस्ती की गलियों में सिर-धुनती, छाती पीटती और रोती-बिलखती। बच्चे पगली-पगली कहकर उसके पीछे दौड़ते, उस पर पत्थर फेंकते। ऐसी ही अवस्था में एक दिन वह जेतवन विहार के पास से गुजरी। वहां भगवान बुद्ध एक बड़ी सभा को धम्म समझा रहे थे। लोगों ने उसे आते देखा, तो इस आशंका से कि कहीं वह अशांति न पैदा कर दे, उसे भगाना चाहा, परंतु भगवान की करुण नज़र उस पर पड़ी, तो भगवान बुद्ध ने उसे अपने पास बुलाया और कहा, "माता अपने आपको संभालो।"

पटाचारा के हृदय पर इस बात पर बड़ा गहरा प्रभाव पड़ा। उसने धम्म स्वीकार कर लिया। वह बाद में विश्व प्रसिद्ध उपदेशक एवं समाज सुधारक बनी।

अंगुलिमाल और बुद्ध

अंगुलिमाल के पिता गार्ग्य व माता मंतरी मैत्रायणी गोत्र की थीं। अंगुलिमाल का असली नाम अहिंसक था। उसके पिता कौशल नरेश के दरबारी थे। पढ़ने के लिए उसे तक्षशीला भेजा गया था, जहां राजकुमारों व धनाढ्य परिवारों के बच्चे आते थे। अंगुलिमाल एक शीलवान और कुशाग्र बुद्धि का बालक था और गुरुमाता के स्नेहपात्र छात्रों में से एक था। इस ईर्ष्यावश एक राजकुमार ने गुरुमाता से नजदीकी संबंधों का लांछन लगाकर गुरु के कान भर दिए। गुरु ने इस मिथ्यारोपण की जांच किए बगैर अहिंसक को मौत की सजा देने के लिए 1000 लोगों की अंगुलियां लाने का आदेश दिया। गुरु की आज्ञा का पालन करने के लिए अहिंसक कौशल राज्य के जालिनी जंगल में रहने लगा और लोगों की हत्या कर उनके दाहिने हाथ की अंगुली काटने लगा। इस तरह वह हत्यारा बन गया। गिनती करने के लिए वह जिस किसी आदमी की हत्या करता था, उसकी एक अंगुली काट कर अपनी माला में पिरो कर गले में पहन लेता था – इसलिए उसका नाम अंगुलिमाल पड़ गया।

अंगुलिमाल दूसरे जिले में गया और वहां भी लोगों को मारना शुरू कर दिया। चूंकि वह इतने लोगों को मार रहा था, इसलिए

कौशल राज्य के राजा ने उसे पकड़ने के लिए एक शक्तिशाली सेना भेजी। जब मंतरी को इस बात का पता चला, तो उसने अपने पुत्र को बचाने के लिए अपने पति से कहा –

"प्रिय, अब वह बहुत उपद्रवी हो चुका है", गार्ग्य ने कहा, "वह पूरी तरह बदल चुका है और यदि मैं उसके पास गया, तो शायद वह मुझे भी मार डाले।" लेकिन मां बहुत कोमल मन की थी और वह अपने पुत्र को स्वयं से भी अधिक प्रेम करती थी। उसने सोचा, "मुझे जंगल स्वयं जाना चाहिए और उसे बचाना चाहिए।"

अब तक अंगुलिमाल 999 लोगों को मार चुका था। उसने महीनों बिना अच्छे भोजन के, बिना नींद और आराम के बिताए थे, इसलिए वह एक अच्छी ज़िंदगी बिताने और अपना आभार प्रकट करने में अधीर हो गया था। उसने सोचा, "आज अगर मेरी मां भी आ जाए, तो मैं उसे भी मार डालूंगा और अपनी माला को पूरा करने के लिए उसकी अंगुली काट लूंगा।" अब उस दिन जब बुद्ध ने संसार में चारों ओर देखा कि किसी को उनकी सहायता की जरूरत तो नहीं है, तो उन्होंने अंगुलिमाल और उसकी मां को देखा। "मुझे उन्हें बचाना चाहिए", उन्होंने सोचा और जंगल की ओर निकल गए। गांव वालों ने बुद्ध को देखा और चिल्लाए, "हे देव, उस ओर न जाएं, उधर बहुत ख़तरा है। जल्दी कुटिया में वापस चलिए।" उन्होंने तीन बार बुद्ध को चेतावनी दी, लेकिन वे नहीं रुके और उनकी चिंता के लिए उनको धन्यवाद देकर चले गए।

अब अंगुलिमाल की मां ने जंगल में प्रवेश किया। अंगुलिमाल

ने उसे आते देखा और सोचा, "बेचारी अकेली ही आई है। मुझे इस पर दया आ रही है, लेकिन मैं कुछ नहीं कर सकता। मुझे अपना वचन निभाना होगा और इसे मारना होगा।" अचानक दोनों के बीच में बुद्ध प्रकट हुए। अंगुलिमाल ने सोचा, "अच्छा हुआ कि यह संन्यासी बीच में आ गया। अब मैं अपनी मां को क्यों मारूं? मैं उसे छोड़ दूंगा और इस अजनबी को मारूंगा।" अंगुलिमाल अपनी तलवार लिए बुद्ध की ओर लपका। वह इतना कमज़ोर हो गया कि और अधिक न दौड़ सका। तब वह बुद्ध पर चिल्लाए, "ठहर जा! वहीं रुक जा!"

"मैं तो रुका ही खड़ा हूं अंगुलिमाल! तुम क्यों नहीं ठहर जाते।" बुद्ध ने कहा।

अंगुलिमाल बुद्ध के शब्दों का अर्थ समझ नहीं सका और इसलिए अंगुलिमाल ने बुद्ध से कहा, "तुम मुझसे भी तेज भागकर यह कैसे कह सकते हो कि तुम एक जगह ठहरे हुए हो।"

"मैं तो हमेशा एक ही जगह पर रुका हुआ खड़ा हूं अंगुलिमाल! क्योंकि मैं दूसरे जीवों के प्रति दयावान हूं। लेकिन तुम दूसरे जीवों के लिए निर्दयी हो, इसलिए तुम स्थिर नहीं हो।"

"भगवान मैं तो रुका हुआ हूं।"

तथागत ने मंगल मैत्री और करुणा भरे शब्दों में आगे कहा, "अंगुलिमाल मैं तो रुका हूं, अब तू भी पाप कर्म करने से रुक। मैं इसलिए यहां तक आया हूं कि तू भी सत्यपथ का अनुगामी बन जाए।

तेरे अंदर का कुशल अभी तक मरा नहीं है। यदि तू इसे केवल एक अवसर देगा, तो यह तुम्हारी काया पलट कर देगा।"

अंगुलिमाल पर प्रभाव पड़ा, उसने कहा, "आखिर इस मुनि ने मुझे जीत ही लिया।"

अंगुलिमाल ने अपने गले में से अंगुलियों की माला उतार फेंकी और तथागत के चरणों पर गिर कर धम्म दीक्षा की याचना करने लगा।

बुद्ध ने उसे शिष्य बना लिया। आगे चलकर अंगुलिमाल प्रसिद्ध समाज सेवक बना।

•••

प्रश्नोत्तरी

(1) सिद्धार्थ की मां का क्या नाम था?

(अ) महामाया (ब) गौतमी
(स) इन्दिरा (द) आम्बपाली

(2) सिद्धार्थ को किसने पाला था?

(अ) महामाया (ब) गौतमी
(स) इन्दिरा (द) आम्बपाली

(3) सिद्धार्थ के जन्म पर उनके संन्यासी बनने की भविष्यवाणी किसने की थी?

(अ) शुद्धोदन ने (ब) असित काल देवल ने
(स) आनंद ने (द) कालयवन ने

(4) सिद्धार्थ के भाई का नाम क्या था, जिसने एक पक्षी को घायल किया था?

(अ) कालयवन (ब) शुद्धोदन
(स) देवदत्त (द) लक्ष्मण

(5) सिद्धार्थ को कौन सा राजा आधा राज्य देना चाहता था?

(अ) विम्बिसार (ब) शुद्धोदन
(स) कालयवन (द) देवदत्त

(6) सिद्धार्थ की पत्नी का क्या नाम था?

(अ) गौतमी (ब) कल्याणी
(स) गहयशोधरा (द) सीता

(7) सिद्धार्थ को खीर किसने खिलाई थी?

(अ) सुजाता ने (ब) विजाता ने
(स) आम्बपाली ने (द) पटाचारा ने

(8) महात्मा बुद्ध ने किस डाकू को हिंसा छोड़ने के लिए प्रेरित किया?

(अ) सुन्दर को (ब) विम्बिसार को
(स) देवदत्त को (द) अंगुलिमाल को

उत्तर

1. (अ), 2. (ब), 3. (ब), 4. (स), 5. (अ), 6. (स), 7. (अ), 8. (द)